Überall ist leicht zu verpassen

Jürg Schubiger
Bilder von Jutta Bauer

Überall ist leicht zu verpassen

Eine ziemlich philosophische Geschichte

Verlagshaus Jacoby & Stuart

Die Erzählung beginnt mit einem kleinen Mädchen, klein oder mittelgroß, etwa eins vierzig. Weitere Personen kommen dazu, auch Tiere, Berge, Strommasten und Wörter wie etwa Mist und Most. Es gibt Dinge, die fehlen: Motorräder, Motorradfahrer zum Beispiel. Die sind anderswo beschäftigt. Die Figuren, die zu den Geschichten gehören, werden nicht immer gebraucht. Manchmal haben sie frei. Sie können dann tun, was sie wollen, Hauptsache sie sind da, wenn sie benötigt werden.
Eine Ziege hatte sich einmal so sehr verspätet, dass ein Schaf für sie einspringen musste. Das Schaf versuchte zu meckern, doch es kam nur bis meee. Damit stand die Sache schon ziemlich schief, und sie war ganz verloren, als ein Schäferhund für das Schaf einsprang.

Das Mädchen war unterwegs zur ersten Geschichte. Eine Brise wehte ihr entgegen, ein leichter langer Atem aus den Hügeln. Unter einer breiten Buche blieb sie stehen. Hier saß ein Papagei, bunt und mit schrägem Kopf, wie Papageien so sind.

Er grüßte auf Englisch: Hello.
Hello, sagte das Mädchen.
How do you do?, fragte der Papagei.
Ach, seufzte das Mädchen, darüber gäbe es viel zu berichten. Vielleicht ein andermal.
Hello, beharrte der Papagei. Dann fing er unvermittelt an, in seinem Gefieder zu wühlen. Als sein Kopf wieder aus den Federn hervorkam, ließ er ein Knarren hören, das möglicherweise ein Wort war.
Das glaub ich nicht, antwortete das Mädchen aufs Geratewohl.
Der Papagei hatte den Kopf abermals zwischen den Federn. Er schien sich vom Ungeziefer zu ernähren, das darin wohnte.
Das Mädchen winkte. Good bye.
Der Papagei flog hinter ihr her. Glaub ich nicht, glaub ich nicht, wiederholte er.
Das Mädchen fürchtete, er folge ihr bis in die Geschichte hinein, die jetzt bevorstand, und ging rasch davon. Als sie sich umwandte, sah sie den Vogel auf einem Brückengeländer sitzen, mit weggedrehtem Kopf. Das Mädchen war erleichtert und ein wenig enttäuscht. Es dachte: Wer kennt sich bei Papageien schon aus? Niemand. Wer versteht schon, was sie eigentlich sagen wollen? Niemand.

Wäre die Geschichte mit dem Papagei wahrer geworden als ohne ihn, richtiger oder schöner? Für diese Frage blieb keine Zeit mehr, denn nun fing die Geschichte an.

1

Ein Mädchen ging über die runde Welt. Es brauchte unbedingt eine Hilfe, denn es hatte keine und war noch klein. Aber woher nehmen und nicht stehlen? Das kleine Mädchen hätte die Hilfe sogar gestohlen, wenn es nur gewusst hätte wo.

Da traf es im Wald den wilden Wolf. Es sagte: Lieber wilder Wolf, ich brauche unbedingt eine Hilfe.

Wozu brauchst du sie, kleines Mädchen?, fragte der Wolf.

Die kann man immer brauchen, antwortete das Mädchen, zum Beispiel, wenn man sich verlaufen hat auf dieser Welt.

Ach so, sagte der Wolf. Wohin willst du denn?

Überallhin!, rief das Mädchen.

Der Wolf hustete. Überall ist leicht zu finden und leicht zu verpassen. Außerdem hast du nur zwei Beine. Das wird schwierig.

Das Mädchen fragte: Was soll ich tun?

Mitkommen, sagte der Wolf. Ich habe zwar keine Hilfe, aber der starke Stier sieht mir ganz so aus wie einer, der eine hat.

Sie gingen also miteinander auf die Wiese zum Stier. Dort sprach der Wolf: Lieber starker Stier, das kleine Mädchen braucht eine Hilfe. Hast du eine?
Wozu braucht das Mädchen so etwas? fragte der Stier.
Das kann man immer brauchen, antwortete der wilde Wolf, zum Beispiel, wenn man sich verlaufen hat auf dieser Welt.
Und das Mädchen fügte hinzu: Und wenn der Wald brennt.
Ihr habt recht, sagte der Stier. Ich habe zwar auch nichts dergleichen, aber ich kann euch beim Suchen vielleicht nützlich sein. Wenn es eine Hilfe gibt, dann weiß die große Frau mehr darüber.
Sie gingen zu dritt zur Frau, die auf dem Berg wohnte.
Liebe große Frau, sprach da der Stier, das kleine Mädchen sucht eine Hilfe. Hast du eine?
Braucht das Mädchen die Hilfe, weil es noch klein ist?, fragte die Frau.
Ja, deswegen, sagte der Stier, aber auch überhaupt. So etwas ist nützlich, wenn man sich verlaufen hat auf dieser Welt und wenn der Wald brennt.
Und das Mädchen ergänzte: Und wenn der Fluss über die Ufer tritt.
Das stimmt, sagte die Frau, man braucht eine Hilfe. Aber auch ich habe keine, nicht eine einzige.
Ein Gewitter kam jetzt auf den Berg zu, auf dem sie standen. Es blitzte hell und donnerte laut. Wenn in dieser Stunde ein Blitz den Wald anzünden würde, wilder Wolf, starker Stier und große Frau, sagte das Mädchen, oder wenn der Regen uns wegschwemmen würde – was dann?
Alle dachten nach, was dann zu tun sei, und sie fürchteten sich. Sie standen nahe beisammen, während der Regen rauschend vom Himmel fiel.

Leise sang das Mädchen:

Ein Blitz schlägt in den Wald, starker Stier.
Ein Funke trifft dein Fell, wilder Wolf.
Ein Funke trifft dein Kleid, große Frau.
Wow!

Der Regen wird zum Fluss, starker Stier.
Er reicht dir bis zum Bauch, wilder Wolf.
Er reicht dir bis zum Kinn, große Frau.
Wow!

Das Gewitter zog vorbei, und die Sonne kam wieder. Der Wolf schüttelte sich, die Frau machte Hüpfer und Sprünge, das Mädchen zog die nassen Kleider aus und hängte sie dem Stier an die Hörner, damit sie trocknen konnten. Alle vier dampften in der Wärme des Nachmittags.
Bevor sie auseinander gingen, fragte der Stier: Wann treffen wir uns wieder?
Und wo?, fragte der Wolf.

In einem Monat, auf diesem Berg, schlug die Frau vor.
Das Mädchen sagte: Oder in einer Woche, wenn jemand von uns schon dann eine Hilfe braucht.
Meinetwegen braucht niemand etwas zu brauchen, erklärte der Stier. Ich bin schon morgen wieder dabei.

So endet die erste Geschichte.

Sie sahen sich wieder, das kleine Mädchen, der wilde Wolf, der starke Stier und die große Frau. Sie standen und saßen in einem Schatten, der sich unter einem Ahorn ausgebreitet hatte. Niemand brauchte eine Hilfe.

Das kleine Mädchen klagte: Ich weiß nicht einmal eure Namen.

Die haben wir gar nicht, sagte der Wolf. Wie heißt du denn?

Mereth.

Mereth, wiederholte der Wolf. Ein angenehmer Name. Aber wozu soll es gut sein, einen Namen zu haben?

Wenn du mir einen Brief schreiben willst, brauchst du bloß meinen Namen auf den Briefumschlag zu schreiben und den Ort, dann weiß die Post, wohin sie ihn bringen muss.

Ich schreibe dir keinen Brief.

Wenn du meinen Namen rufst, sagte das Mädchen, dann weiß ich, dass ich gemeint bin. Ich drehe mich nach dir um.

Mereth, sagte der Wolf.

Und das Mädchen: Ja?

Nichts, gar nichts. War nur eine Probe.

Die große Frau fragte den Stier: Soll ich dir einen Namen geben?

Wenn's auch ohne geht, lieber nicht. Als ich geboren wurde, bekam ich einen: Hektor. Das schrieb man mit Kreide auf eine Tafel und darunter den Tag der Geburt. Die Tafel war an der Stalldecke angebracht. Der Bauer sprach diesen Namen nur aus, wenn er etwas von mir wollte: dass ich aufstand, wenn ich lag, dass ich hinter ihm oder vor ihm herging. Dabei stieß oder zerrte er mich. Der Stier machte Geräusche mit seinen Nüstern, er schnaubte, schniefte.

Die große Frau schnäuzte sich in ein großes Taschentuch.

Wie heißt du?, fragte der Stier.

Ich heiße Marie, sagte die Frau hinter dem Taschentuch hervor.

Eine Weile lang sprachen sie nicht mehr.

Ein Name ist vielleicht wie ein Kleid, sagte die große Frau.

Kann man den Namen, den man mal hat, wieder ausziehen?, erkundigte sich der Stier.

Die Frau wiegte den Kopf.

Der Wolf hatte die Schnauze auf die ausgestreckten Vorderläufe gelegt. Er schaute hoch, ohne den Kopf zu heben.

Mich hat jemand Schweinehund genannt, sagte er.

Wenn ich dich so nennen würde, du würdest nicht merken, dass du gemeint bist, stellte das Mädchen klar. Schweinehund ist kein Name. Wolf dagegen schon. Wolf, Wolfgang.

Nenne mich Wolf, bat der Wolf.

Der Stier war ins Helle hinausgetreten. Er brüllte: Marie ist der schönste Name der Welt.

Und Hektor ist der hässlichste, brüllte die Frau zurück. Meinetwegen kannst du den ausziehen, starker Stier.

Hier beginnt die zweite Geschichte.

2

Wozu sind wir eigentlich hier auf dem Berg, kleines Mädchen, starker Stier und große Frau?, fragte der Wolf eines Tages. Etwa, um den Blättern, Vögeln und Wolken zuzuschauen?
Jawohl, sagte der Stier.
Ist das alles?
Der Stier meinte ja, das sei alles und mehr als genug, der Wolf meinte nein. Er wusste dann aber doch nicht zu sagen, was noch fehlte.
Sie zankten sich eine Weile. Als aus dem Streit nichts Rechtes werden wollte, schwiegen sie.
Mir ist ganz langweilig, sagte die Frau.
Und der Stier: Mir auch, und das ist ein sehr schönes Gefühl. Er fing an zu gähnen, und gleich gähnten die anderen mit. Sie schauten einander in die offenen Mäuler.
Dir fehlt ein Zahn, sagte das Mädchen zum Wolf. Bist du schon alt?
Der Wolf überlegte, alt war er nicht und jung noch weniger.
Nicht gerade, sagte er.
Wir sollten einmal ausspannen, schlug die Frau vor, und

zum Beispiel eine Reise machen, zum Beispiel nach London. Dort steht der Königspalast, in dem die englische Königin wohnt.
Kannst du Englisch?, fragte das Mädchen. Die Königin versteht wohl kein Deutsch.
Die Frau schüttelte den Kopf.
Ich kann ein paar Worte Französisch: j'ai, tu as, il a, nous avons, vous avez, ils ont. Das hatte das Mädchen einmal auswendig gelernt. Paris ist auch schön, sagte es.
So fuhren sie nach Paris, wo die Seine fließt, wo der Eiffelturm steht und wo das Bild der Mona Lisa zu sehen ist.
Im Hotel waren nur noch drei Zimmer frei. Die Frau und der Stier mussten im selben Bett schlafen.
Am frühen Morgen sagte die Frau: Ich habe die ganze Nacht kein Auge zugetan, starker Stier, ich hatte Angst, du würdest mich im Schlaf mit einem Huf treten oder mit einem Horn stoßen.

Ich auch, sagte der Stier. Darum bin ich auch wach geblieben. Wenn ich gewusst hätte, dass du wach bleibst, sagte die

Frau, dann hätte ich ja schlafen können.
Ja, sagte der Stier. Nur wärst du nicht sicher gewesen, ob ich nicht doch auf einmal auch einschlafe und dich dann mit einem Huf trete oder mit einem Horn stoße.
So redeten sie miteinander, laut und lange.
Still!, bellte der Wolf aus dem Nebenzimmer, ich will schlafen!
Und das Mädchen, das im Zimmer neben dem Wolf lag, rief: Still, wilder Wolf, ich will schlafen!
Ich bin schon still!, knurrte der Wolf, die große Frau und der starke Stier sind es, die Krach machen!
Silence!, schrie jetzt ein Angestellter des Hotels.
Nehmt euch zusammen, flüsterte das Mädchen sehr laut. Denkt daran: Wir befinden uns mitten in einer Geschichte. Jedermann wird das lesen können.
Daran hatte die große Frau nicht gedacht. Und bevor sie richtig daran zu denken anfing, schlief sie ein.

Am Morgen fuhren sie gleich zum Eiffelturm. Sie schauten von unten empor, dann fuhren sie mit dem Aufzug zur Spitze und schauten von oben hinunter.
Wenn du da unten ständest, sagte das Mädchen zur Frau, du wärst kleiner als eine Fliege.
Und du selbst?, fragte der Wolf.
Das Mädchen gab keine Antwort. Der Eiffelturm ist dreihundert Meter hoch, sagte es.
Dann gingen sie ins Museum. Sie suchten dort die Mona Lisa, das Bild der schönen Frau über den nebligen Wäldern und Flüssen.
Dem Wolf gefiel vor allem das blaue und grüne Land. Schade, dass eine Frau davorsteht, sagte er.

Und das Mädchen meinte: Die hat sich vielleicht hierhin verlaufen.

Dann blickten sie von einer Brücke in die Seine. Das Mädchen spuckte auf sein Spiegelbild. Es schüttelte den Kopf: Eben ist mir ein Fisch durchs Auge geschwommen.

Dann standen sie vor der Kathedrale Notre Dame. Schon am Eingang wurden sie abgewiesen: Tiere haben hier keinen Zutritt.

Als Jesus geboren wurde, sagte das kleine Mädchen, waren ein Ochs und ein Esel dabei und drei Kamele.

Seine Krippe stand in einem Stall, nicht in einer Kirche, sagte der Mann, der für Ordnung sorgte.

Der Stier hatte sich hinten angestellt, weil er wusste, dass er von weitem kleiner aussah, als er war. Nun kam er näher. Der Mann, der für Ordnung sorgte, schaute sich nach Hilfe um. Er winkte einer Kollegin.

Ich habe genug von Paris, sprach der Stier, als sie die Kathedrale hinter sich hatten.

Die anderen drei stimmten zu: Ich auch.

So fuhren sie wieder nach Hause.

Einige Tage darauf sagte der Stier sehr bestimmt, nachdem er lange geschwiegen hatte: Paris ist eine schöne Stadt! Er schaute den Blättern, Vögeln und Wolken zu, die der Wind bewegte.

Alle Städte sind schön, starker Stier, große Frau und wilder Wolf, erklärte das Mädchen. Hauptsache, man geht zusammen hin.

Hello. How do you do?

Das kleine Mädchen erkannte die Stimme des Papageien. Er gab auch das Knarren von sich, das möglicherweise ein Wort war. Papageien sind hier nicht vorgesehen, stimmt's?, fragte das Mädchen.

Wo vorgesehen?, fragte der starke Stier.

In unserer Geschichte.

Glaub ich nicht, glaub ich nicht, kam es irgendwo aus dem Laub.

Ich habe nichts gegen Papageien, sagte der Stier.

Solange sie in Käfigen leben, sagte der wilde Wolf. Papageien sind überflüssige Tiere. Ich kenne schöne Geschichten, in denen nur ein wilder Wolf, namens Wolf, ein kleines Mädchen, namens Mereth, eine große Frau, namens Marie und ein starker Stier, der nicht mehr Hektor heißt, auftreten. Dazu ein bisschen Gebüsch.

Das Mädchen fügte bei: Und die Stadt Paris.

Vorübergehend, sagte der Stier.

Die große Frau gähnte: Wer weiß denn so genau, was dazugehört und was nicht, was vorübergeht und was bleibt.

Paris bleibt in meinem Gedächtnis, stellte das Mädchen fest.

Vorübergehend, sagte der Wolf. Das Gedächtnis ist ein schlechter Aufbewahrungsort. Und außerdem zu klein für eine große Stadt.

Eins, zwei, drei, vier, fünf, sechs, sieben, acht, hörte man den Papagei aufsagen. Er zählte weiter und weiter bis über tausend hinaus.
Der Papagei kann zählen, sagte der Stier, und dazu noch auf Deutsch. Bis tausenddreihundertundetwas.
Einundfünfzig, sagte das Mädchen.
Vielleicht kann er auch Chinesisch, wer weiß.
Glaub ich nicht, sagte der Papagei.

So verging die Zeit. Dann folgte die dritte Geschichte.

3

Das kleine Mädchen, der wilde Wolf, der starke Stier und die große Frau saßen und lagen auf einer Mauer. Zwischen den Steinen zuckten Eidechsen. Die Schatten wuchsen, und die Lichter wurden schmal. Der Wolf rauchte.
Rauchen macht gelbe Zähne, sagte das Mädchen.
Die Frau sagte: Du hast uns von der Stadt erzählt, Wolf, aus der du herkommst.
Habe ich das?
Ich muss immer daran denken, sagte die Frau.
Und das Mädchen: Ich auch.
Ich nicht, hustete der Wolf. Ich weiß nicht einmal mehr, wie sie heißt. Vielleicht hat die Stadt nie einen Namen gehabt.
Nie einen Namen, wiederholte der Stier. Er verstand das Erzählte besser, wenn er die Wörter ins eigene Maul nahm.
Ich habe auch vergessen, wo sie liegt, sagte der Wolf. Vielleicht ist sie abgebrannt, vielleicht gibt es sie gar nicht mehr.

Es war eine Stadt, in der man sein Liebstes verlor und vergaß, seine Frau, sein Kind, sein Augenlicht, seine Wit-

terung, seine Stimme. Man atmete schwer. Der Wolf suchte nach Worten.
Wer musste denn da wohnen? Es war die Frau, die so fragte.
Der Wolf gab keine Antwort. Schließlich sagte er: Tiere, ja, Menschen auch, allerlei. Hufe, Pfoten und Schuhe, Hörner, Hüte, was weiß ich.
Auf einem Platz in der Mitte der Stadt stand ein großer glühender Ofen, der auch im Sommer brannte. Der durfte nicht ausgehen, niemals. So lautete das Gesetz.
Die Bewohner schafften Brennholz herbei, Tag für Tag. Sie fällten die Bäume in den Parks, sie stahlen einander nachts die Balken vom Dach. Nichts war sicher. Man besaß nur, was man zwischen den Zähnen festhalten konnte. Keiner hatte das Maul frei zum Fressen oder zum Reden.
Der Wolf hatte sich eine Zigarette angezündet. Wenn er daran zog, leuchtete sein Gesicht im Finstern. Seine Worte waren mit Rauch vermischt, als er fortfuhr: Man hängte den Nachbarn Fensterläden und Türen aus und zerrte sie zum Ofen. Mein Fell war abgewetzt bis auf die Haut. Eines Tages, das wussten wir, würde kein Holz mehr da sein. Die Angst vor diesem Tag machte uns böse. Das Unglück war schon mitten unter uns. Unsere Bäuche, unsere Herzen waren leer. Wenn wir Tränen hatten, kam das von den entzündeten Augen.
Einmal hörte ich eine Stimme. Ein Bub, der nichts zwischen den Zähnen hatte, sang ein trübes Lied:

Feuer heißt mein Vater,
Kohle meine Mutter,
ich heiße Pein.

Asche ist mein Brot,
ist mein Bett,
ist mein Bein.

Der Singsang des Wolfes brach hier ab.
Ich weiß, wie es weitergeht, Wolf, sagte das Mädchen. Du bist mit dem Jungen geflohen, du hast ihn gerettet.
Er hat mich gerettet, Mereth, widersprach der Wolf. Ich dachte ja längst nicht mehr daran zu fliehen. Der Bub schnappte nach Luft. Ich trug ihn fort, durch die Gassen, durch die Schächte voll Rauch. Er wurde leichter und leichter. Leicht wie ein Lamm.
Wie ein Lamm, sagte der Stier.
Dann leicht wie ein Blatt.
Wie ein Blatt, sagte der Stier.
Als ich endlich im Freien stand, schloss der Wolf, hatte der Bub kein Gewicht mehr. Er war auch gar nicht mehr da, aber ich hörte ihn singen. Ein anderes schöneres Lied.

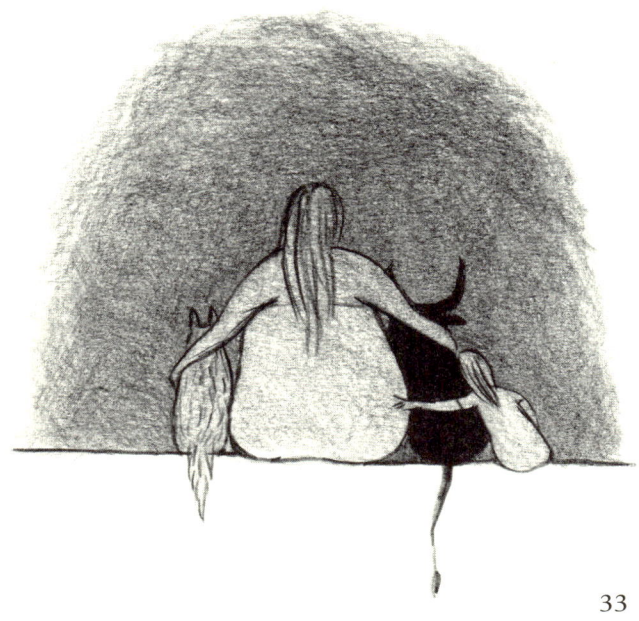

Aus dem Dunkeln kam das Rülpsen des wiederkäuenden Stiers.
Ich weiß gar nicht, was ich sagen soll, seufzte das Mädchen nach einer Weile.
Der Abend war zu einer klaren Sternennacht geworden.
Gottlob ist deine Geschichte so kurz, Wolf, sagte der starke Stier.
Und die große Frau ergänzte: Länger hätten wir das Mitleid nicht ertragen.

Man hörte dumpf die Stimme des kleinen Mädchens: Brauchst keine Angst zu haben, ich bin ja da. Sie sprach in den Rucksack hinein, der halb offen auf ihren Knien lag. Im Rucksack wohnte ihre Puppe.
Hörst du mich, Bianca? Ich bin die Mereth, sagte das Mädchen und erklärte der großen Frau, die nun ebenfalls in den Rucksack schaute: Sie heißt Bianca. Man kann sie fragen, was man will, sie gibt keine Antwort. Aber sie hört alles genau. Sie hat Ohren wie eine Fledermaus. Und wenn einer so erzählt wie eben der wilde Wolf und dazu noch hustet, dann fürchtet sie sich. Bianca, heißt sie, obwohl sie nicht weiß ist. Bianca Bernasconi.
Hm?, machte die Frau.
Das Mädchen sagte: Keine Ahnung, woher sie so heißt. Ihre Mutter war aus dem Schwarzwald.
Dann hat sie den Namen vom Vater, meinte die Frau.
Du denkst, sie hat einen Vater? Das wäre sehr schön, wenn sie einen hätte. Den würde ich ihr gönnen. Das Mädchen überlegte und sagte dann: Was macht man mit einem Vater, Marie?
Man geht mit ihm auf den Rummelplatz, auf das Riesenrad

oder in den Zoo oder ins Kino, oder man macht eine Schifffahrt oder eine Wanderung. Man unternimmt etwas. Man geht neben dem Vater her, man steht neben ihm, man sitzt neben ihm, das ist am Ende das Wichtigste.
Das heißt, dass man mit einem Vater viel anfangen kann, sagte das Mädchen. Mir ist, als hätte ich das gewusst, früher einmal. Hast du denn so einen Vater gehabt?
Nein, antwortete die große Frau.
Das kleine Mädchen wandte sich seiner Puppe zu. Jetzt wird geschlafen, flüsterte es in den Sack hinein und machte ihn zu.
Wieder verging viel Zeit. Der Stier sann darüber nach: Tage, Tage, Tage, die man zubringt, so gut es geht. Auch die Nächte bringt man zu, auch die Dämmerungen. So vieles, das man irgendwie zubringt.

Was macht man mit einem Vater?

Für die vierte Geschichte brauchte es einen richtigen Sommer, und der kam dann auch.

4

Die große Frau war fort gewesen. Nun stand sie auf einmal wieder unter dem Ahornbaum am Rand der Weide. Ihre Augen glitzerten. Sie trug Tannnadeln im Haar, in den Ohren noch das Rauschen des Flusses, dem sie zugehört hatte, und im Mund die Lust zum Beißen und zum Lachen. Der Stier, mitten im kurzen Gras, sah aus, als sei er nur dazu da, einen schweren Schatten zu werfen. Er rührte sich nicht. Er hielt den Kopf gesenkt und bewegte den Schwanz sorgfältig wie einer, der Überlegungen anstellt.

Als die Frau zum Gruß seine Flanke berührte, sagte er: Ich habe etwas entdeckt, Marie! Hier machte er eine Pause, damit sie fragen konnte: Was denn? Als sie die Frage nicht stellte, erklärte er: Die Entdeckung ist, dass mein Bauchnabel genau in die Mitte der Erde zeigt.
Was willst du damit sagen?, fragte die Frau.
Der Stier überlegte noch einmal, dann sagte er: Alles.

Die Frau lachte: Das ist nicht viel! Sie hielt ihm eine Handvoll Bergthymian an die Nüstern.
Der Stier roch daran und seufzte, er roch weiter und seufzte. Zum Riechen schloss er die Augen, zum Seufzen öffnete er sie. Ich bin ganz verzaubert von dir, sagte er leise. Ich komme mir vor wie ein Bauer, ein junger Bauer auf einem roten Traktor.
Guten Tag, junger Bauer!, flüsterte die Frau in das haarige Ohr des Stieres hinein.
Ich habe viele Kühe im Stall, fuhr der Stier fort, braune, gescheckte, mit glänzendem Fell, mit weißen Stirnen. Sie heißen Golda, Bruna und Lara und riechen nach Mist und nach Milch.
Guten Tag, starker Stier!, flüsterte die Frau. Sie versuchte zu muhen. Was bist du eigentlich, fragte sie, ein verzauberter Stier oder ein verzauberter Bauer?

Das war es ja gerade, was der Stier selbst nicht wusste. Eigentlich beides, antwortete er. Dann blickte er sie mit einem einzigen, aber großen Auge seitwärts an: Und was bist du eigentlich?
Ein Mäusebussard flog in weiten Bögen über Weide und Wald. In Abständen stieß er kleine Schreie aus.
Vielleicht bist du es eigentlich, die so schreit, Marie, sagte der Stier übermütig, und ich bin eigentlich ein roter Traktor.
Die Frau lehnte den Kopf an den Hals des Stieres und sang:

Ich bin eigentlich die und die,
du bist eigentlich der und der,
eigentlich bist du stark und schwer.

Und der Stier sang zurück:

Du bist eigentlich die Marie.
Du bist groß und ganz und gar
eigentlich mit Haut und Haar.

Die Geschichte endete hier etwas verfrüht, denn der Papagei redete drein. Er saß verborgen im Laub des Ahornbaums und plapperte Zahlen.
Der Papagei, sagte die Frau.
Papageien sind überflüssige Tiere, rief der Stier, brüllte er fast, und schlug mit dem Schwanz.

Die Sonne schien, dann schien sie nicht mehr, dann schien sie wieder. Die Wolken, langgestreckte und knorrige, fuhren quer über den Himmel. Ein ungeduldiger Wind stieß sie vor sich her.

Das Mädchen hatte seine Tasche geöffnet und schaute der Puppe beim Schlafen zu.
Sieht aus wie tot, murmelte das Mädchen. Und um die Puppe zu wecken, rief sie in die Tasche hinein: Bianca, Bianca, es ist Zeit zu leben! Sie hob die Puppe ans Licht. Wie du wieder ausschaust! Traurig und dumm. Entschuldige, ich rede offen mit dir. Wer Bianca Bernasconi heißt, sollte Italienisch sprechen können. So viel wird man doch erwarten dürfen. Um dich zu verstehen, Bianca, würde ich Italienisch lernen, nur deinetwegen, siehst du, und du tust gar nichts. Ich kenne einen Papagei, der fließend Englisch spricht und Deutsch und wahrscheinlich auch Chinesisch.

Das Mädchen versorgte die Puppe. Der Wolf war näher gekommen, hatte den Hals vorgestreckt. Nun schnupperte er am Rucksack. Das kleine Mädchen misstraute ihm. Dann öffnete es den Rucksack doch etwas weiter, damit die Nase des Wolfs vorrücken konnte. Der Wolf nahm die Einladung an, er schnupperte noch einmal kurz und zog die Schnauze wieder zurück.
Duftet sie irgendwie?, fragte das Mädchen.
Der Wolf stellte fest: Sie riecht nach Rucksack.
Inzwischen hatten die Frau und der Stier sich schon für die fünfte Geschichte zurecht gemacht.

5

Die Sonne flimmerte. Die Mauersegler flogen so hoch am Himmel, dass man sie kaum oder gar nicht mehr sah. Auch Schmetterlinge waren unterwegs, Mäuse, Käfer, und die Heuschrecken surrten, sägten und sangen, dass man meinte, das Gras selbst habe zu schwatzen angefangen.

Die große Frau zeichnete mit dem Finger Kreise und Schleifen auf den sandigen Boden.

Sie hatten über die Liebe gesprochen. Ja, die Liebe!, hatte der Stier geseufzt. Das Mädchen hatte genickt und hatte weiter genickt, als alle schon schwiegen.

Der Wolf lag ausgestreckt. Sein Blick rollte unter den Brauen. Erzähl uns einmal von dir, große Frau, sagte er.

Warum gerade von mir?

Weil du so wenig redest.

Wie in der Schule, sagte die Frau, reden, reden, reden.

Sie hätte hier wohl nicht weiter gesprochen ohne die Frage des Mädchens: Wie in der Schule?

Ja. Unser Lehrer wusste sehr schöne Sätze. Ich habe viele

davon auswendig gelernt. Ich wollte sprechen wie er. Ich konnte aber nur das Wenigste behalten von dem, was er sagte. So redete ich dann doch lieber nicht. *Gewitterwolken ballen sich drohend am Horizont.* Wenn ich dergleichen aussprechen wollte, war der Himmel blau, oder es schneite.
Das Mädchen kaute an einem Grashalm, der Stier gleich an mehreren Halmen.
Ich sei schon eine richtige kleine Frau, sagte der Lehrer, weil ich größer war als die anderen und weil man deutlich sah, dass aus mir eine Frau werden würde. Wenn ich ihn anschaute, wurde mir überall warm. Ich wollte ihn heiraten. Wir passten aber wohl nicht recht zusammen. Er interessierte sich für Kaulquappen, an denen er zeigen konnte, wie sie zu Fröschen wurden. Mich dagegen interessierten eher die Hühner. Ich wusste nicht, was es an denen zu zeigen gab.
Wie die Hühner zu Eiern werden, Marie, sagte das Mädchen.

Die Frau fuhr fort: Dann liebte ich einen schwerhörigen Dieb. Er schenkte mir alles, woran er Vergnügen hatte. Er nahm Kleider von irgendwelchen Wäscheleinen. Einmal brachte er mir einen blauen Kinderwagen und einmal eine Geige. Obwohl sie nur eine Saite hatte, spielte er oft und sehr schön darauf. Er traf genau den Ton einer Grille.
Dann wurde er eingesperrt. Ich durfte ihn nicht besuchen, weil – er wurde sehr nervös bei meinem Anblick.
Die große Frau öffnete eine Haarspange mit den Zähnen und steckte damit eine Strähne fest.
So kannst du nicht aufhören mit deiner Geschichte, sagte der Wolf.
Nein, so höre ich nicht auf. Wir warten hier bloß eine Weile, erklärte die Frau, denn hier vergeht Zeit. Wir warten bis zu

jener Nacht, als ich hinging, um meinen Dieb herauszuholen.
Gut, wir warten, sagte der Wolf.
Der Stier fügte bei: Dein Dieb wartet ja auch.

In jener Nacht also holte ich ihn aus der Anstalt. Er nahm gleich eine Wolldecke mit, die er mir schenkte, und einen Wecker. Den Wecker hätten wir nicht gebraucht, denn mein Dieb konnte mit Zähnen und Zunge das Ticken und Rasseln von Uhren genau nachahmen.
Ich denke, er war schwerhörig?, wandte der Wolf ein.
Eben darum, sagte die Frau. Er ahmte auch Tierstimmen nach und Motorengeräusche, Wasserrauschen und alles. Nur die menschliche Sprache – das Traurige war, er verstand mich nicht.

Wir wohnten zusammen in einer Scheune. Mein Dieb besorgte die Einrichtung. Das erste war ein Schrank, bis oben voll Schachteln mit Keksen. Als mein Dieb einmal spät in der Nacht mit einem Bett ankam, war es plötzlich aus. Im Dunkeln hatte er nicht bemerkt, dass ein Mann drin lag und schlief. Der Mann erwachte. Er strampelte in den Tüchern, dann rannte er im Nachthemd davon. Natürlich wollte er sein Bett wieder haben und suchte Hilfe im Dorf. Wir konnten nichts ausrichten, es waren zu viele.
Als mein Dieb gepackt und weggeführt wurde, bekam ich eine solche Wut, dass –

Dass?, fragte das Mädchen.
Dass?, fragten auch der Stier und der Wolf.
Die große Frau antwortete in Versen:

Ich stand ruhig wie eine Säule,
und ringsum war Radau.
Einer schlug sich an mir eine Beule,
er färbte sich grün, ein anderer blau.

Die Leute fürchteten sich vor mir. Ich blieb allein. Nur die Frauen besuchten mich manchmal – bei Nacht, wenn niemand sie sah. Es waren solche, die keine Kinder bekamen.
Haben sie deinetwegen dann welche bekommen?, fragte der Stier.
Das war wohl ihretwegen, antwortete die Frau, und wegen der Männer. Ich kochte ihnen bloß einen Tee und legte mein Ohr an ihren Bauch und horchte. So wollten sie es haben.
Das kleine Mädchen strich sich über den kleinen Bauch. Und dann, fragte es, hast du das Kind gehört?
Es gurgelte in ihren Leibern. Das war der Tee, sagte die Frau.

Ich musste lange warten, bis ich auch das Kind in weiter Ferne schreien hörte.

Das ist doch alles irgendwie erfunden, sagte der Wolf.
Die große Frau überlegte. Irgendwie schon, gab sie zu, aber bloß irgendwie. Erfunden wie deine Geschichte, Wolf.
Vielleicht erzählen wir das, was von einer wahren Geschichte übrig geblieben ist – den verkohlten Rest, sagte der Wolf.
Der Stier gähnte. Dass ich jetzt gähne, ist nicht erfunden, sagte der Stier. Wir sollten uns mehr an das Wahre halten.
Auch wenn es langweilig ist, knurrte der Wolf.

Später kamen große Wolkenschatten wie Tiere über die Weide herab. Ein Luftzug löste der Frau die Haarsträhne wieder. Fliegen belästigten den starken Stier.
Der Wolf zeigte mit der Schnauze hinüber zum Waldkamm: Was sagst du dazu, große Frau?
Wozu?
Dazu.
Nun sah die Frau, wie dunkel der Himmel dort war. Gewitterwolken ballen sich drohend am Horizont, sagte sie feierlich.

Das kleine Mädchen weinte ohne rechten Grund.
Dieses Wetter dürfte nicht Wetter heißen, sagte das Mädchen. Es dämmert und dämmert, es ist den ganzen Tag nicht richtig Tag geworden.
Ach, sagte der Wolf, wenn's weiter nichts ist.
Weiter nichts, weiter nichts, davon rede ich ja. Das ist kein Ort für eine richtige Geschichte.
Hier kam das Mädchen auf eine Frage, die ihm schon länger

im Kopf herumging, die aber den Ausgang durch den Mund
bisher nicht gefunden hatte: Was ist eigentlich der Unterschied
zwischen einer Geschichte und dem Vielen drum herum?

Der Wolf sagte: Eine Geschichte hat einen Anfang, und
dann hört sie auch irgendwo auf.
Das war auch die Meinung der Frau: Eine Geschichte betritt
man wie durch eine Tür, man wohnt eine Weile darin, man
liebt, man leidet, man lacht und so fort, und dann verlässt
man die Geschichte wieder. Das Drumherum dagegen hat
keine rechte Tür.
Man verläuft sich darin, sagte das Mädchen.
In einer Geschichte kommen nur die Dinge vor, sagte der
Stier, die aufbewahrt werden sollen.
Und was passiert mit den anderen Dingen?, fragte die Frau.
Das Mädchen stellte fest: Dass ich aufstehe, weil ich mal
muss, und in die Büsche gehe, das braucht nicht aufbewahrt
zu werden. Das kommt in keiner Geschichte vor.
Das Drumherum, sagte die Frau – wenn ich daran denke,
verliere ich gleich den Faden.

Der Stier erfand einen stampfenden Vers, und das
kleine Mädchen klatschte dazu:

Rumpum, rumpum,
das Drumherum,
rumpum, rumpum,
das Drumherum,
das Drumherum,
das Drumherum.

Der starke Stier hielt plötzlich inne. Achtung, rief er: Zeit für die sechste Geschichte. Der Stier war ein pünktliches Wesen.
Wie fängt sie schon wieder an?, fragte die große Frau.
Das wirst du gleich hören, sagte das Mädchen.

6

An einem warmen windstillen Abend rief das kleine Mädchen: Wir gehen baden!

Der wilde Wolf hechelte. Baden!, sagte er mit einem langen A durch die Nase. Dann hechelte er weiter.

Die Frau war eben daran, in seinem Fell nach Zecken zu suchen. Sie blickte auf: Baden?

Dem Stier war es recht. Baden, nickte er. Im Wasser plagten ihn keine Bremsen.

Sie gingen zu einer Stelle am Fluss, wo sich unter einem Wasserfall ein tiefes Becken befand.

Wenn ich mein Fell auch ausziehen könnte, sagte der Wolf, als er sah, wie die Frau und das Mädchen ihre Kleider ablegten. Niemand hörte ihn im Brausen des Wassers. Einmal ganz und gar nackt sein, sagte er noch.

Das Mädchen schaute an sich herunter, fuhr sich mit den flachen Händen über die Brust. Wir sehen schon sehr verschieden aus, du und ich, große Frau. An mir ist nichts Besonderes dran.

Ich war genau wie du, Mereth, sagte die Frau, nur etwas länglicher. Dann kam allmählich das Besondere dazu. Du wirst sehen, man gewöhnt sich daran, man freut sich manchmal auch, dass man so ist.

Jetzt zum Beispiel?
Ja, zum Beispiel jetzt, wenn du mich anschaust.
Die beiden lachten und sprangen ins Wasser.
Das Mädchen tauchte auf und unter wie ein Blässhuhn. Es scheuchte eine Forelle auf. Der Fisch warf einen schnellen Schatten auf den hellen Grund.
Vom Stier sah man bloß noch den Rücken. Er tunkte den Kopf bis über die Ohren ein, dann hob er ihn wieder und schnaubte, dass die Tropfen stoben. Er brüllte: Unter Wasser klingt das Rauschen ganz anders, wie wirkliches Wasserrauschen!

Alle tauchten jetzt ihre Köpfe in die Wellen, nur der Wolf nicht.
Wie ein Unwetter!, schrie die Frau.
Wie ein Weltuntergang!, schrie das Mädchen.
Wie ein Weltaufgang!, brüllte noch lauter der Stier. Die Abendsonne stand in diesem Augenblick genau hinter seinem rechten Horn. Sie glich einer aufgespießten Orange.

Das Mädchen stellte sich auf einen Stein am Rand des Wasserfalls. Das Wasser klatschte ihm auf den Scheitel und funkelte und fiel wie ein Schleier von seinem Kopf. Das Mädchen fing an zu singen. Dabei hielt es sich die Ohren zu, um das Lied zu hören, und öffnete sie wieder, schloss und öffnete, schloss und öffnete sie.

Es regnet, es regnet,
mir ist ein Fisch begegnet,
heidideldum,
der war leider stumm.

Der Wolf war auf einem flachen Felsen sitzen geblieben. Er misstraute dem Wasser. Mehrmals tappte er vorwärts, um daran zu riechen. Dann setzte er die Vorderpfoten ins halbtiefe Wasser und rutschte ganz hinein. Mit emporgereckter Schnauze schwamm er eine rasche Runde um den Stier herum, sprang ans Ufer zurück und schüttelte sich. Quatsch, sagte er, Baden ist Quatsch.

Hier endet die sechste Geschichte. Gebadet wurde zwar noch bis tief in die Dämmerung. Dabei ergab sich aber nichts, was noch erzählt werden müsste.
Drei, vier Wochen später saßen sie wieder am Wasser. Sie betrachteten ihre Spiegelbilder.
Das Mädchen sagte: Komisch, so doppelt vorhanden sein. Paris kam ihr in den Sinn, das Spiegelbild in der Seine. Sie dachte: Da war ich noch jung.
Der Wolf äugte schräg auf sein Bild, legte ein Ohr zurück und knurrte ein wenig. Er wandte sich ab und wandte sich hin und knurrte noch einmal.

Der mit den Hörnern, das bin wohl ich, sagte der Stier.
Die Frau schaute kleinen gelblichen Blättern nach, die auf dem Wasser schwammen. Sie drehten sich lange im Kreis, bis eine andere Strömung sie fand und mitnahm.
Das Mädchen ließ einen Kieselstein auf sein Spiegelbild fallen und lachte über die Grimasse, zu der das Bild sich verzog.
Bitte mal herschauen, Leute, rief das kleine Mädchen. Sieht man mir eigentlich an, dass ich in Paris gewesen bin?
Das war eine schwierige Frage. Die Stirn zu runzeln half da nicht viel.
Du siehst ziemlich weitgereist aus, sagte der Stier, aber das war vorher schon so.
Die große Frau nickte, doch schaute sie dabei in die Ferne, und man wusste nicht, was das Nicken hieß.
Das Mädchen war enttäuscht.

Am Tag darauf begann die siebte Geschichte.
Das kleine Mädchen hatte frei. Komm, Wolf, sagte es, die können uns mal.

7

Der starke Stier rupfte Gras und Laub, er kaute, und er kaute das Gekaute noch einmal. Sein Maul war meistens besetzt. Dazwischen machte er, immer unerwartet, Pausen. Er sah dann aus wie aus Holz geschnitzt. Nur die Nüstern bewegten sich. Leise zählte er auf, was er roch, was er schmeckte, was er spürte, sah oder hörte, worauf er Appetit hatte und so weiter: Die Halme sind gelb und trocken, bittersüß, bittersauer, bittersüßundsauer. Sie duften nach tausenderlei. Hier nach einerlei, dort nach anderlei, dort nach mancherlei. Viel Luft regt sich dazwischen, sehr viel Luft. Viele Halme regen sich in der vielen Luft.

Wenn man ihn fragte, womit er gerade beschäftigt sei, antwortete der Stier: Ich erzähle die Welt.

Der wilde Wolf hatte einen anderen Ausdruck dafür: Die Welt wiederkäuen.

Für den Stier war da kein Unterschied: Ich erzähle die Welt, ich kaue die Welt. Die Welt schmeckt gut.

Einmal wollte die große Frau genauer wissen, was im Stier

vorging. Was machst du eigentlich, wenn du nichts machst?
Sie musste dreimal fragen, bis der Stier Auskunft gab.
Nun, erklärte er, ich schaue.
Und was siehst du?
Je nachdem.
Eben jetzt?
Der Stier hob den Kopf: Ich sehe den Himmel.
Und sonst?
Der Stier senkte den Kopf: Ich sehe die Erde.
Und zwischen Himmel und Erde? Die Frau stellte sich breitbeinig vor ihn hin.
Dazwischen wächst der Sauerampfer, sagte der Stier.
Dann erzählte er, verlegen und ins Blaue hinein, eine Geschichte.

Ich war mit einem Sauerampfer eng befreundet. Er trug grüne glänzende Blätter. Er mochte mich so gern, dass er nur von mir gefressen werden wollte. Ich mochte ihn so gern, dass ich nur nach ihm Lust hatte. Niemand durfte meinem Sauerampfer nahe kommen. Ich war furchtbar eifersüchtig. Und er wurde sauer, wenn ich nur an einem Grashalm roch. Verräter!, zischte er dann. Diese Freundschaft war sehr schön, aber sie machte mich hungrig. Ich magerte ab. Was sollte ich tun? Wenn ich das Geringste fraß, eine Blume, ein Blatt, war ich ihm untreu, und wenn ich ihn selbst fraß, verlor ich ihn. Er wurde immer größer und schöner, ich wurde immer schwächer und hässlicher. Ich war sicher, dass er mich nun nicht mehr mochte, dass er mich sogar abscheulich fand. Das konnte nicht so weitergehen, etwas musste passieren.
Der Stier rülpste und kaute.

Und was ist passiert?, fragte die Frau.
Als der Stier das Maul wieder frei hatte, antwortete er: Ich wurde magerer und magerer, er wurde saftiger und saftiger.
Und dann?
Dann wurde ich noch magerer, war nur noch Fell und Knochen, er wurde noch saftiger und glänzte wie ein Auge.
Und dann?, drängte die Frau.
Der starke Stier blickte tief ins Gras: Dann fraß ich ihn.
Der Stier schnaubte dabei so heftig, dass die Frau einen Schritt zurückwich und lachend davonlief. Er schaute ihr nach, schließlich verfolgte er sie in einem sehr komischen Galopp. Es sah aus, als könne er zwischen Himmel und Erde nicht mehr unterscheiden.

Am Abend sprach die Frau: Ich habe über dich nachgedacht, starker Stier. Sie war daran, ihr Haar zu einem Zopf zu flechten. Eigentlich verstehst du nichts von Frauen. Das sagte sie nicht nur, das warf sie dem Stier an den großen Kopf.
Zweifellos hatte sie Recht. Der starke Stier wusste nicht einmal, was es bei den Frauen überhaupt zu verstehen gab. Er machte sich daran, ein Liebesgedicht anzufertigen. Es sollte klingen wie Herdengeläut. Der Stier probierte alle Wörter aus, die ihm schmeckten. Das Schwierige war, dass die Wörter zugleich läuten und etwas bedeuten mussten.
Du redest und redest, näselte der wilde Wolf.
Und?, fragte der Stier.
Und redest, sagte der Wolf.
Und was tust du?

Ich habe den ganzen Tag noch kein Wort gesagt, behauptete der Wolf. Das hast du wohl gar nicht bemerkt, wie?
Der Stier schwieg.
Hast du es bemerkt oder nicht?
Eigentlich, sagte der Stier, sprechen die Tiere gar nicht. Hast du je ein Tier gehört, das spricht?
Nein, bestätigte der Wolf überrascht. Tiere heulen, bellen, miauen, blöken und meckern.
Sie brüllen und muhen, ergänzte der Stier. Sprechen kann nur der Papagei. Er spricht fließend mehrere Sprachen.
Fließend, ja, und wie, spottete der Wolf. Aber versteht er auch, was er spricht?
Wozu sollte er sonst sprechen?
Zum Zeitvertreib.
Wir beide, stellte der Stier fest, wir sprechen nicht mal zum Zeitvertreib, sondern eigentlich überhaupt nicht.
Eigentlich nicht oder nur ausnahmsweise, sagte der Wolf und verstummte. Das tat auch der Stier. Vorher aber sagte er noch: Ausnahmen gibt es immer.
Das Verstummen der Tiere dauerte den ganzen Tag. Als das kleine Mädchen erschrocken fragte, was denn um Himmelswillen los sei, kam keine Antwort.
Stumm wie Fische, sagte das Mädchen zur großen Frau.
Der Wolf widersprach, indem er ein paarmal mit gestrecktem Hals in den Abend heulte.
Genau im richtigen Augenblick kam dann die Stimme des Papageien: Hello! Glaub ich nicht, glaub ich nicht.
Hello, rief das Mädchen zurück.
Der Papagei hatte sich auf einen Zaunpfahl gesetzt. Er senkte langsam die Flügel und hüllte sich in sie ein wie in einen Mantel.

Die Runzeln um die Augen machten seinen Blick steinalt. Mit einem Ruck richtete der Stier sich auf. Große Frau, sagte er, ich habe ein Geschenk für dich. Noch bevor die Frau richtig erstaunt sein konnte, begann der starke Stier zu rezitieren:

Eine Frau ist keine Kuh,
eine Frau gibt keine Ruh.
Keine Frau ist eine wie du.

Das ist ein Liebesgedicht, fügte der Stier bei. Mit *du* bist du gemeint, Marie.
Danke, sagte die Frau. Danke für das Liebesgedicht.
Es reimt sich so schön, starker Stier, sagte das kleine Mädchen, das hättest du für eine Geschichte aufsparen sollen.
Der Papagei rief: How do you do?

Bis zur achten Geschichte war es noch weit. Vorher mussten die Blätter rudelweise zu Boden fallen zwischen den aufgerichteten Stämmen, mussten im Fallen noch blinken vor dem schattigen Grund. Vorher musste das Mädchen zehnmal ungeduldig werden, und der Stier musste zwanzigmal sagen: Mir ist es ebenso wohl drumherum.

8

Das Gras auf dem Berg war blond und braun geworden und die Steine feucht und schwarz. Und dann, eines Morgens, war alles nur noch weiß, so weit man sehen konnte. Ob das weit war oder nicht, war schwer zu sagen, denn man sah nichts. Das kleine Mädchen, der wilde Wolf, der starke Stier und die große Frau hatten die Beine im Schnee und den Kopf in einer Nebelwolke.
Seid ihr noch da?, rief der Stier.
Ja, antworteten die anderen drei, wir sind noch da.
Irgendwo waren Soldaten mit Schießübungen beschäftigt. Es klang, als wollten sie ein Gewitter nachahmen. Das Echo kam von allen Hängen.
Besser, wir gehen in meine Winterstube, sagte die Frau. Das Mädchen, der Stier und der Wolf waren einverstanden. Sie fassten einander mit Mäulern und Händen an Kleidern und Schwänzen, damit keiner vom Weg abkam.
Im Nebel stand auf einmal ein Soldat. Er war nass und sah

todmüde aus. Halt!, schrie er. Man wusste nicht, hatte er Angst, oder wollte er Angst verbreiten. Den Gewehrlauf hielt er auf den vordersten, den Wolf, gerichtet.

Der Wolf knurrte gefährlich.

Verzeihung, sagte der Soldat. Ich wollte nur wissen: Ist jemand von uns hier vorbeigekommen, vielleicht?

Uns?, fragte der Wolf. Wer seid denn ihr?

Nun, Soldaten halt.

Du bist der erste von euch, schnaubte der Stier.

Du bist die Vorhut, sagte der Wolf mit seiner heisersten Stimme.

Der Soldat erschrak: Wie? Er schaute in die Richtung, wo das Schießgewitter herkam. Er dankte, kehrte um und eilte talwärts.

Viel Glück, rief das kleine Mädchen hinter ihm her.

Dann fing es an zu schneien.

Sie fanden die Stube am Fuß des Berges. Mit Holz von einem Stapel unter dem Vordach heizten sie den Ofen ein. Sie setzten sich ans Fenster und schauten hinaus. Der Schnee fiel nicht recht und schwebte nicht recht, es war etwas zwischendrin. Er schien im Fallen wenig geübt zu sein. Das Mädchen, der Wolf, der Stier und die Frau folgten einzelnen Flocken, die sie sich ausgesucht hatten. Das Spiel war schön und ermüdend. Man verlor die Flocke aus den Augen, man fand sie wieder, man verwechselte sie, man seufzte und suchte sich eine neue aus.

Es dunkelte rasch in der Stube, vor dem Fenster blieb es noch eine Weile hell.

Mir geht so vieles quer durch den Kopf, sagte die Frau. Einmal denke ich an den Berg, dann an den Schnee, dann an deinen Bauch, dann nochmals an deinen Bauch, starker

Stier. Geht es euch auch so?

Ich denke sehr an dich, Marie, antwortete der Stier.

Das Mädchen sagte: Mein Kopf ist bis oben mit Gedanken angefüllt. Ich denke mir zum Beispiel aus, wie es wäre, wenn jemand hereinkäme, eben jetzt, zum Beispiel der Soldat, und der sähe uns am Fenster sitzen: Er würde zu Tode erschrecken, denn mit unseren Mäulern, Hörnern und Ohren sehen wir in der Dämmerung fürchterlich aus.

Ich denke Folgendes, sagte der Wolf: Zeit zum Abendessen.

Es wird kühl, wilder Wolf. Würdest du ein paar Scheite holen?, bat der starke Stier.

Mir ist nicht kalt, sagte der Wolf.

Uns schon, entgegnete der Stier.

Der Wolf bellte: Wer friert, soll auch heizen!

Soll *der* in die eisige Nacht geschickt werden, der friert und im Dunkeln fast blind ist, fragte der Stier, oder ein anderer, dem immer warm genug ist in seinem dicken Fell und der im Dunkeln mit seinen grünen Augen so klar sieht wie am Tag?

Da ging der Wolf hinaus. Durch die offene Tür kam Schnee und Laub in die Stube geweht.

Mach die Tür zu, Wolf!, rief das Mädchen.
Doch die Tür blieb offen. Der Wolf brachte auch kein Holz und kam sogar selbst nicht mehr zurück.
Das Mädchen, der Stier und die Frau riefen seinen Namen zum Berg hinauf. Der Wolf gab keine Antwort.
Wir haben da einen Fehler gemacht, sagte die Frau, als sie lange gewartet und herumgehorcht hatten.
Der Stier stellte den Fernseher an. Überall schneit es, sogar im Fernseher, sagte die Frau. Sie sahen eine Wintergeschichte von einem betrunkenen Menschen, der im Schnee umkam.

Wölfe erfrieren nicht, sagte der Stier.
Wölfe werden erschossen, sagte die Frau.

Sie schliefen schlecht in dieser Nacht. Draußen heulte der Wind wie der Wolf, und wenn der Stier aufstand, um ihm die Tür zu öffnen, kam nur kalte Luft und Schnee über die Schwelle.
Ich mache mir Gedanken, hörte man die Frau sagen.
Was das Mädchen erwiderte, war nicht zu verstehen, denn es hatte sein Kissen vor dem Mund. Später schlug es heftig die Decke zurück, setzte sich auf und keuchte: Hättest du bloß Holz geholt, große Frau, dann wäre der Wolf geblieben, und wir hätten jetzt Ruhe!

Sie saßen schon beim Morgenkaffee, das Mädchen, der Stier und die Frau, als der Wolf endlich an der Tür kratzte. Weiß und zottig kam er herein. Er sah so wild aus, dass das Mädchen auf einen Stuhl sprang. Da bist du ja wieder, sagte es vom Stuhl herab.

Der Wolf hustete anders als sonst, er hatte sich erkältet. Als er sich schüttelte, schneite es aus seinem Fell bis in die hinterste Ecke der Stube. Niemand protestierte.
Bei diesem Wetter gehst du mir nachts nicht mehr hinaus, sagte die Frau. Nimm eine Tasse Kaffee!
Der Stier legte ein paar Scheite nach, damit der Wolf sich am Ofen trocknen konnte.
Das Mädchen streichelte ihn. Da der Wolf im Dunkeln lag, sah man deutlich die Funken, die unter ihrer Hand aus seinem Fell aufsprühten. Das Mädchen freute sich am gemeinsam hergestellten Feuerwerk.
So glücklich endet diese Geschichte.

Das kleine Mädchen hatte seine Puppe Bianca aus dem Rucksack geholt, damit sie ein wenig unter die Leute kam.
Eben hat das Ding mir die Zunge herausgestreckt, rief das Mädchen und schnappte nach Luft.
Wer?, fragte der starke Stier.
Die Puppe, sagte der wilde Wolf.

Hat die denn eine Zunge?
Ganz klein ist sie, aber ganz rosa. Schau! Das Mädchen hielt dem Stier die Puppe hin.
Puppen bewegen nur die Augendeckel, wenn ich recht verstanden habe, sagte der Wolf.
Eben, sagte das Mädchen. Das habe ich bisher auch gedacht.
Ich möchte gern dabei sein, wenn sie vielleicht noch einmal züngelt, sagte der Wolf. Setz sie doch da auf den Tisch.
Die große Frau war dabei, sich die Nägel des linken Fußes zu lackieren. Ohne aufzuschauen sagte sie: Bianca wird es nicht wieder tun. Puppen strecken nur ganz ausnahmsweise die Zunge heraus. Einmal in ihrem Leben.
Ausnahmen gibt es immer, sagte der Stier.
Der Wolf, der ein Gegner von Ausnahmen war, gähnte mehrmals. An den Anblick seiner Eckzähne konnte niemand sich so recht gewöhnen, das wusste er.
Das Mädchen streckte ihm die Zunge heraus.
Die große Frau bewegte sachte den linken Fuß und betrachtete die roten Nägel. Da das Lackfläschchen nun leer war, blieb der rechte Fuß unbemalt.

In allen vier Köpfen gingen Gedanken herum.
Das Mädchen murmelte: Der Papagei. Der ist wohl weggeflogen.
Erfroren, sagte der Wolf mit einer bösen Stimme. Erst steif gefroren, dann vom Ast gefallen.
Das Mädchen brüllte etwas, das niemand verstand.
Erfroren, wiederholte der Wolf.
Nein!
Mit Bedauern stellte der Stier fest: Papageien sind überflüssige Tiere.

Die Frau schaute ihn an, als hätte er plötzlich in einer anderen, fremden Sprache gesprochen. Sie nahm das Mädchen in die Arme.
Weihnachten, sagte der Stier so leise wie möglich. Damit kündigte er die neunte Geschichte an.
Das Mädchen schnäuzte sich. Es versorgte die Puppe. Die große Frau machte ihr Haar zurecht. Der Wolf langte nach den Zigaretten.

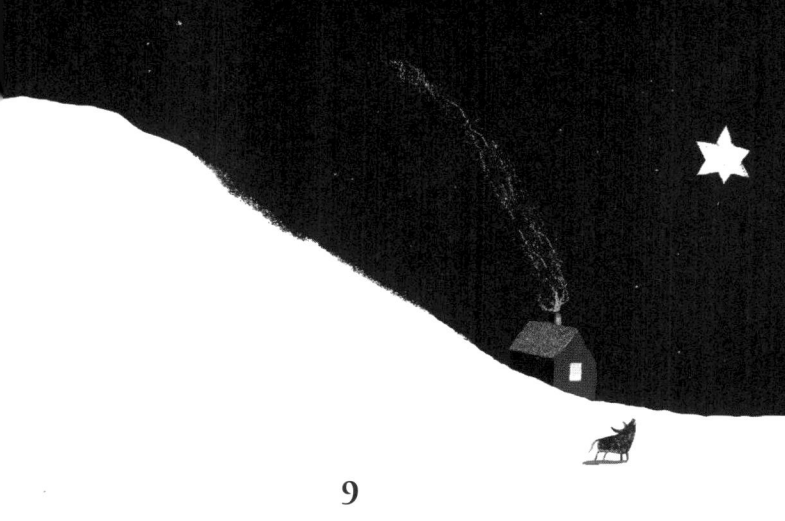

9

Die Weihnacht steht vor der Tür, sagte das kleine Mädchen dumpf.

Der Stier ging vors Haus, um nachzuschauen. Als er zurückkam, sagte er: Eine Nacht steht da, sieht aber aus wie eine gewöhnliche Nacht. Das war vielleicht als Spaß gemeint, vielleicht auch nicht.

Das Mädchen lachte ein wenig, dankbar für die Aufmunterung. Die Frau lachte nicht.

Weißt du überhaupt, was Weihnachten ist?, fragte das Mädchen.

Der Stier war nicht sicher, ob er es wusste. Hat mit einer Futterkrippe zu tun und mit einem Leuchten.

Das nicht erlischt, wenn man die Augen schließt, ergänzte die große Frau.

Das kleine Mädchen sagte: Auch Geschenke gehören dazu.

Der Wolf bot an, für den Weihnachtsabend ein dickes Schaf als Geschenk für alle zu besorgen. Das Schaffell ist gut für kalte Nächte, Mereth.

Der Stier stellte klar: Ich bin Vegetarier.
Die Frau saß stumm auf dem Fensterbrett.

Am Weihnachtsabend saß die große Frau auf demselben Platz. Bei Kerzenlicht diesmal. Sie hatte sich schön gemacht. Schwarz um die Augen, der Mund feuerrot. Sie war sogar beim Coiffeur gewesen und trug nun die frische Frisur wie einen Hut auf dem Kopf. Auch das Mädchen hatte sich die Lippen geschminkt. Es lächelte vorsichtig, aber ohne Pause. Weihnachten war für die große Frau eine Zeit zum Traurigwerden. Es roch nach Mandarinen und nach Zimtgebäck. Mitten in der Dunkelheit ein duftendes warmes Paradies. Das war so wunderbar wie nur etwas wunderbar sein konnte, das man längst verloren hat.

Sie sangen *Stille Nacht, heilige Nacht*. Nur die erste Strophe, mehr hatte das kleine Mädchen dem Wolf und dem Stier nicht beibringen können. Vor allem im Schädel des Stiers hatten die Worte sich immer wieder verlaufen: Hirten erst – kundgedacht, kundgemacht. Das Wort Halleeheluja gefiel ihm. Er sang und sagte es vor sich hin.

Das kleine Mädchen erzählte eine Weihnachtsgeschichte. Sie handelte von einem Ochsen, der in seiner Futterkrippe eines Nachts kein Futter vorfand, sondern ein schreiendes Kind. Es hatte blonde Locken und einen Ring aus Licht um den kleinen Kopf. Das Mädchen erzählte von einem Wolf, der bei dem Fest um die Krippe mit dabei sein wollte. Er schlich sich heran. Die Hirten glaubten, er habe es auf die Schafe abgesehen. Ein wenig hatten sie Recht und ein wenig Unrecht. Sie hoben ihre Stöcke, um den Wolf zu erschlagen,

doch ein Engel kam und blendete sie mit seinem Glanz. Die Schläge gingen ins Leere oder auf den Kopf eines anderen Hirten.
Der Wolf lachte. Es klang wie ein Husten.
Niemand sagte etwas. Niemand wollte die Geschichte stören. Das kleine Mädchen bohrte in der Nase. Als das Schweigen nicht enden wollte, rief es: Frohe Weihnachten, Freunde!
Frohe Weihnachten, antwortete die große Frau heiser.
Der Stier und der Wolf blieben stumm. Schließlich sagte der Stier: Die Tiere reden eigentlich nicht.
Die große Frau setzte sich dicht an seine Seite. Sie hatte sich Tränen aus den Augen gewischt. Das sah man an der Wimperntusche, die über die Schläfen verschmiert war. Die Tiere sprechen eigentlich nicht, bestätigte sie. Sie reden nur einmal im Jahr, nämlich heute. In der Weihnachtsnacht, da reden die Tiere.
Auch der Papagei?, fragte der Stier.
Auch er.
Und was sagen sie dann?, fragte der Wolf.
Wie wunderbar!, zum Beispiel.
Halleeheluja!, zum Beispiel, sagte der Stier.
Und der Wolf ergänzte: Hello! How do you do?

Jetzt ist das Krippenspiel dran, bestimmte das kleine Mädchen. Es verteilte auch gleich die Rollen: Marie ist Maria, ich bin das Jesuskind, der Stier ist der Ochse, der Wolf ist der Esel.
Der Stier protestierte: Ich bin kein Ochse.
Du spielst den Ochsen, erläuterte das Mädchen übertrieben geduldig. Als Esel eignest du dich nicht. Esel haben keine Hörner.

Und ich soll mich als Esel eignen?, fragte der Wolf. Das Wort Esel sprach er durch die Nase.
Sehr gut sogar, behauptete das Mädchen.
Es setzte sich der großen Frau auf den Schoß, steckte den Daumen in den Mund und schloss die Augen.
Sieht so das Jesuskind aus?, erkundigte sich der Wolf.
Das kleine Mädchen nickte mit geschlossenen Augen. Dann nahm es den Daumen aus dem Mund, um den Tieren eine Anweisung zu geben: Ihr steht hier falsch. Wenn die Hirten kommen, wollen sie nicht zwei haarige Hintern vor sich sehen, sondern Maria mit ihrem Kind.
Kommen denn Hirten?, fragte der Stier.
Ja. Und später treten drei Könige und drei Kamele auf.
Der Josef fehlt, sagte die große Frau.
Halleeheluja!, brüllte der Stier und blies mit seinem Gebrüll die Kerzen aus.

Alle suchten nach Streichhölzern und kamen sich dabei in die Quere. Stühle fielen um. Der Wolf fluchte.
Hier kann man sich ja kaum umdrehen, schnaubte der Stier.
Es klopfte. Herein trat einer mit schweren Schuhen. Dann flammte ein Feuerzeug auf. Es war der Gast, der das Licht in der Hand hielt: der Soldat. Er hatte kein Gewehr und machte, soweit man das erkennen konnte, ein freundliches Gesicht.
Als die Kerzen wieder brannten, wünschte er Frohe Weihnacht und drückte jedem die Hand, den Huf, die Pfote.
Das Mädchen machte Kaffee.
Die Frau zeigte auf den Soldaten: Er soll den Josef spielen.
Der würde sich gut als Ochse eignen, besser als ich, meinte der Stier.

Der Soldat begriff nicht, worum es ging. Er schaute tatsächlich drein wie ein Ochse.
Der Wolf schnupperte an der Schnapsflasche herum, die nun plötzlich auf dem Tisch stand.
Damit hört die neunte Geschichte auf.

So kann das nicht weitergehen, erklärte das kleine Mädchen am anderen Morgen, als der Soldat wieder weg war. Mitten in unsere Weihnachtsgeschichte trampelt ein Mann hinein und ist dann auch noch willkommen. Das Mädchen sprach sehr laut, um auch die Frau zu erreichen. Die schlief aber noch, lag verborgen unter ihrer verwackelten Frisur.
Der starke Stier nickte mit schwerem Kopf: Und ist dann auch noch willkommen.
Wenn das so weitergeht, gehört ab sofort auch die Bianca dazu, entschied das Mädchen. Mindestens als Gast. Sie hat das ganze Weihnachtfest im Dunkeln zugebracht. Das Mädchen öffnete den Rucksack.
Bianca ist nicht die Einzige, die fortan dazugehört, sagte das Mädchen. Da ist noch einer, ihr wisst, wen ich meine.
Der tote Papagei, hustete der Wolf.
Tot oder lebendig, sagte das Mädchen.
Die Puppe schwieg. Sie machte ein Gesicht, als verschweige sie etwas. Ein Geheimnis. Dabei konnte sie gar nicht sprechen, nicht einmal Deutsch. Sie hatte ein Geheimnis, das sie nicht ausplaudern konnte, das immer in ihrem Inneren steckenblieb.
Na?, flüsterte das Mädchen ihr zu. Das sollte die Puppe aufheitern. Zum Sprechen bist du zu dumm, raunte das Mädchen zärtlich. Es mochte diese Art von Dummheit. Rundherum und durch und durch dumm. Die Puppe wusste

gar nichts. Wenn man sie fragte: Wie geht's?, wusste sie nicht, wie's ihr ging, blieb stumm und blickte; blickte, ohne einmal zu blinzeln.
Hello, Bianca! Das Mädchen lächelte sehr.
Die Puppe, wie immer, lächelte wenig. Ihr Geheimnis, das war klar zu erkennen, lächelte mit.

Das Schneelicht war ein Zauberlicht. Es lag auf Biancas Stirn, auf dem großen Gesicht der großen Frau und auf ihren großen Händen. Der Wolf und der Stier sahen aus wie Sonntagstiere.

Bereit für die zehnte Geschichte?, fragte der Stier.
Bereit, lieber Stier, sagte die Frau.

Die anderen nickten.

10

In der Stube war es warm und gemütlich. Da es aber sehr lange, viel zu lange warm und gemütlich war, gab es schließlich fast jeden Tag Streit. Mitten in einem schönen Gespräch über Meere, Schiffe, Inseln und den Robinson Crusoe fingen sie an sich zu zanken. Es ging um den Namen von Robinsons Freund. Das kleine Mädchen behauptete, er habe Freitag geheißen, die große Frau bestand auf Samstag, der wilde Wolf war für Sonntag und der starke Stier sogar für Januar. Sie konnten und wollten sich nicht einigen, sie wollten einander nur übertönen, schreien, brüllen, bellen im Chor.

Als sie genug gestritten hatten, sagte die Frau: Wir stehen einander auf den Füßen, Hufen und Pfoten herum. Wir sollten etwas unternehmen, einen Ausflug zum Beispiel.
Die Frau hatte Recht. Man beschloss an einem Kostümball teilzunehmen, der im Saal eines Landgasthofes stattfand.
Der Wolf verschaffte sich einen Schafspelz. Das Blöken übte

er verbissen draußen unter dem Vordach. Die Frau verkleidete sich in eine Kuh. Sie muhte so echt, dass der Stier eine Gänsehaut bekam. Er trug einen Cowboyhut und Stiefel mit Sporen. Das Mädchen ging auf einen Stock gestützt in einem langen geflickten Kleid. Es wackelte mit dem Kopf und mit den Kopftuchzipfeln und kicherte.

Der Saal war mit buntem Papier dekoriert und die Musik sehr laut. Am Klavier saß ein Fuchs. Er hatte ein Nachthemd übergezogen und trug eine Kapitänsmütze zwischen den Ohren.
Das Mädchen hatte einen geschwollenen Bauch. Was es unter dem Rock trug, war seine Puppe. Wie eine Hebamme, die ein Kind ans Licht holt, zog das Mädchen die Puppe umständlich unter dem Rock hervor und ahmte dabei das Schreien des Neugeborenen nach.
Gratuliere, rief der Wolf: Es ist ein Junge!

Das kleine Mädchen fing nun an zu hexen und zu zaubern.

Most ist Most und Mist ist Mist.
Ich bin Rost, der Eisen frisst.
Du bist klug, wirst alsbald dumm,
du bist dumm, fällst alsbald um.

So lautete der Anfang des Zauberspruchs. Das Mädchen nahm auch farbige Pulver und fremd duftende Salben zu Hilfe, es blickte abwechslungsweise stechend und sanft, doch etwas Gescheites kam dabei nicht heraus. Der Stuhl, auf dem das Mädchen saß, hatte auf einmal zwei Beine mehr, nämlich sechs statt vier, das war aber alles.
Der Wolf besorgte sich ein Bier nach dem andern. Er schwitzte sehr in seiner Wolle. Blökend, den Schafspelz vorn aufgeknöpft, tappte er im Saal herum. Dabei sang er:

Ich heißer Schlund,
du kühles Bier.
Ich dürste mich
und trinke dir.

Einmal sang er auch: *Und winke dir.* Dabei schwenkte er die Hand, die das Glas hielt, und das Bier schwappte über.
Ein Förster, als Eisbär verkleidet, versuchte ihn vom Tanzboden zu verscheuchen. Die große Frau aber und ein schwarzer Eber, mit dem sie tanzte, wehrten sich für den Wolf. Sie stellten den Eisbär kurzerhand vor die Tür.
Der schwarze Eber war ein wunderbarer Tänzer. Er hatte sein Fell mit langen Federn besteckt und sah aus wie ein Schwan oder sonst ein schwerer Vogel. Die Frau drehte sich im Kreis mit ihm, sie lachte hell und muhte zur Decke hinauf.
Der starke Stier war sauer. Er begann ein Gespräch mit einem Seeräuber, der unter der Maske vermutlich ein Fischotter war. Mitten in einem Wort schlief der Stier plötzlich ein. Er erwachte erst wieder vom Lärm, den eine Sippe von Kaninchen erzeugte. Die Tiere trommelten mit den Hinterläufen auf den hölzernen Boden. Sie drängten als Rotte gegen das

Mädchen, trugen bunte Krepppapierhüte und machten böse Gesichter. Eines schrie: Ich will meinen Mann zurück! Ein anderes schrie: Komm herunter, du Lausbub! und meinte damit einen Raben, der auf dem Kopf des kleinen Mädchens hockte. Das Mädchen sah ganz elend aus.
Was ist los, Mereth?, fragte die große Frau.
Alle Kaninchen redeten nun gleichzeitig. Sie behaupteten, das Mädchen habe einen der ihren, einen Sohn, Gatten und Vater, in einen Raben verzaubert. Das sei kein Fastnachtsspaß, das sei eine Sauerei!
Nach und nach hatte die ganze Gesellschaft sich um das Mädchen geschart. Sogar der Eisbär stand wieder in der Tür. Obwohl er betrunken war, sah der Wolf, dass etwas nicht stimmte. Dem Mädchen war tatsächlich der Zauberspruch entfallen.
Lieber Rabe, sprach der wilde Wolf zum verzauberten Kaninchen, möchtest du in ein Kaninchen verzaubert werden? Ein was?, fragte der Rabe.

Ein Kaninchen, wiederholte jetzt gespannt ein ganzer Chor.
Der Rabe äugte herab: Wieso ausgerechnet ein Kaninchen?

Weil Fastnacht ist, sagte der Wolf. Er hustete, um ein Lachen zu verbergen.
Der Rabe schüttelte den Kopf: Ein Adler, ja, meinetwegen, oder ein Jäger. Aber ein Kaninchen? Nee. Er flog auf und ließ einen Spritzer Rabendreck auf einen blauen Krepppapierhut fallen.
Das Mädchen sah nun wieder viel gesünder aus. Und die Frau muhte so fröhlich, dass der Stier brüllend mittönte.

Bianca, die allein auf einem hohen Stuhl saß, lächelte leicht.

Die große Frau zog ihre Kniestrümpfe aus und zupfte den Wollflaum von den Zehen. Heute ist, glaube ich, mein Geburtstag, sagte sie.
Das kleine Mädchen gratulierte. Wir werden einen Kuchen backen.
Ist heute der sechzehnte?, fragte die Frau.
So ungefähr, denke ich, antwortete das Mädchen. Es kann auch der fünfzehnte oder siebzehnte sein.
Die große Frau betrachtete die Zehennägel ihres linken Fußes und kratzte am beschädigten roten Lack.
Wie Stiefschwestern, sagte das Mädchen, und zeigte auf die großen ungleichen Füße.
Die Frau hatte neuen Nagellack besorgt. Sie kramte in einer Tasche und hielt das Fläschchen ins Licht.
Die Sonne stand mitten im Fenster. Sie leuchtete viereckig auf den hölzernen Boden. Hier ließ der Wolf sich nieder.

Es war sein Platz. Während er schlief, verschob sich das Viereck. Der Wolf erwachte im Schatten und blinzelte den Lichtfleck an, der nun neben ihm lag.

Ich warte, erklärte das kleine Mädchen. Es klang wie eine Antwort auf eine Frage. Ich warte auf die Geschichte, die jetzt dran ist, meine Geschichte, sagte das Mädchen sehr laut.
Ich warte auch. Das war die Stimme des starken Stiers.
Das kleine Mädchen setzte sich neben die große Frau und schlang die Hände um seine angezogenen Knie. Über den beiden schnaufte der Stier. Auch der Wolf probierte das Warten aus. Er rauchte dazu. So saßen und standen sie da wie für ein Foto.
So viel Zeit, schnaufte der Stier nach einer stummen halben Stunde, so viel, so viel, und nichts als Zeit.
Der Wolf hatte gefurzt. Man tat, als sei nichts geschehen. Ein solcher Gestank gehörte in keine Geschichte.
Die große Frau sagte: Heute ist, glaube ich, mein Geburtstag.

11

Sie waren früh aufgebrochen, das kleine Mädchen, der wilde Wolf, der starke Stier und die große Frau, um oben auf dem Berg einen sonnigen Tag zu erleben. Die Luft, die ihnen durch Haar und Fell strich, war weich wie Wasser.
Es ist schön, den Weg und den Berg wiederzufinden, sagte das Mädchen, als sie oben angelangt waren. Wir können kommen und gehen, wie wir wollen, der Berg bleibt da. Wir können ins Tal zurück auf dem alten Weg, und das Haus steht da, wo es hingehört. Wir können uns darauf verlassen.

Der Stier rupfte verstreute Büschel von frühem Gras. Und die Wolken?, fragte er. Manche sehen aus wie liegende Kühe. Dann gehst du auf sie zu, und schon gleichen sie Heuhaufen oder Hühnern. Auf die ist kein Verlass.
Der Wolf schwieg. Über die Wolken hatte er nicht viel zu sagen, selbst wenn sie wollig waren wie die Lämmer. Hätte man ihn nach seiner Meinung gefragt, man hätte nicht viel zu hören bekommen, nur gerade: Wolken? und vielleicht noch: Quatsch! und beides durch die Nase gesprochen.

In meinem Land gleichen die Berge den Wolken, auch die
Bäume, die Büsche: Sie kommen und gehen, begann das
Mädchen zu erzählen. Es zeigte auf eine Wolke über ihren
Köpfen, die wie ein Fisch in der Strömung stand. Alles
kommt, alles geht. Die Wälder ziehen wie Herden vorüber,
sie sind nach Regen unterwegs oder nach Sonne, oder sie
wollen Schnee auf ihren Ästen tragen. Die Flüsse wechseln
die Betten. Wir Menschen und Tiere leben auf dem Rücken
der Berge, die wochenlang wandern, um sich im Meer die
Füße zu baden.
Und wenn es dir irgendwo gut gefällt und du bleiben
willst?, fragte die Frau.
Bleiben? Ach ja. Das Mädchen suchte keine Antwort. Es
griff nach dem Rucksack. Bianca brauchte Höhenluft. Das
Mädchen nahm die Puppe vor sich auf die Knie und sagte:
Heute Abend siehst du noch rosiger aus.

Unterdessen war aus dem Wolkenfisch eine Keule, aus der
Keule ein Messer entstanden. Der Stier hatte alles im Auge
behalten. Er war gespannt, was aus dem Messer würde. Aus
dem Messer ist eine Locke geworden, sagte er dann, und die
Locke, die verwandelt sich soeben in nichts.
Sie verduftet, sagte das Mädchen. Verduftete Wolken sind
himmelblau.
Das Mädchen sang:

Ich bin die Wolke Himmelblau.

Und der Stier stimmte ein:

Du bist die Wolke Bärenklau.

Und weiter ging es im Wechsel:

Ich bin die Wolke Muttersau.
Du bist die Wolke Dreimalschlau.
Bald hier, bald dort, bald fort ...

Der Wolf kratzte sich, der Stier kratzte sich auch, und die Frau schwieg. Schweigen war bei ihr eine Tätigkeit. Ganz anders als bei der Puppe, die nur blickte, ohne einmal zu blinzeln.
Das Mädchen erzählte weiter, den Blick ins Blaue gerichtet. So sterben wir in unserem Land: Wir verduften. Wir verschwinden hinter einem Fels, einem Baumstamm, einer Wegbiegung und tauchen jenseits nicht wieder auf. Manche werden durchsichtig und durchsichtiger, bis man nur noch den Stuhl sieht, auf dem sie sitzen. Ich habe eine alte Frau gekannt, die setzte sich zum Sterben in einen Schrank. Als ich später die Tür aufmachte, war der Schrank leer und ein Duft von Zedernholz und Rosmarin kam heraus. Am Duft erkannte ich, dass die Alte nun zu den Toten gehörte.
Sie fehlte mir. Die Alte war die Einzige gewesen, die mir von früher erzählte, aus einer Zeit, da die Menschen sich verwandeln konnten wie die Wolken. Sie flohen in eine andere Haut, sagte die Alte, wenn's nötig war, manchmal aber auch nur zum Spiel. Ein verliebter Hans packte seine Hanna. Was er dann aber in den Armen hielt, war eine junge Ziege. Er fuhr in die Haut eines Ziegenbocks und wollte mit ihr, was Böcke wollen. Die Ziege meckerte: Komm mir nicht zu nahe, du stinkst. Sie floh ans Wasser und fuhr in die Haut einer Ente.

Im Handumdrehen wurde aus dem Bock ein Enterich. Er zeigte sich der Ente in seiner ganzen Pracht. Er gefiel ihr sehr. Sein Gefieder schillerte blau und grün. Sie schlug mit den Flügeln und flog ein Stück. Er auch. Er zeigte sich ihr von allen Seiten. Sie fand ihn noch viel prächtiger.
Wieso nicht?, dachte sie bei sich selbst. Wieso nicht er? Wieso nicht der Hans? Und sie nahm ihre Hannagestalt wieder an.
Schon stand der Hans vor ihr. Wieso nicht?, fragte er.
Da küsste sie ihn.
Das kleine Mädchen küsste Schmatz! in die Luft.

Der Wolf hob den Kopf. Das ist, wie soll ich sagen, das kann nur erfunden sein, meinte er.
Genau so hat die Alte es mir erzählt, beharrte das Mädchen.
Genau so hat die Alte es von ihrer Mutter gehört, die es von ihrer eigenen Mutter genau so gehört hat.
Also ist es wahr, schloss die Frau.
Die Wäsche der großen Frau winkte von der Leine, mal mit einem Ärmel, mal mit einem Rocksaum. Ein leichter Wind war aufgekommen und hatte sich wieder gelegt, flach hingelegt und rührte sich nicht mehr.

Der Wolf half der Frau die Wäsche abzunehmen.
Wo hast du eigentlich deine Familie, wilder Wolf?, fragte sie, deine Brüder, deine Schwestern?
Und du?, fragte der Wolf zurück.
Ich habe einen Bruder in Australien.
Was macht er dort?
Geschäfte. Man braucht sich nichts Genaueres darunter vorzustellen, sagte die Frau. Er hat mit Papieren zu tun, die er in einem Köfferchen mit sich trägt.
Geschäfte machen wohl viele, wie?, fragte der Wolf.
Die Kinder nicht. Die gehen zur Schule.
Der Wolf hob die Nase zum grauen Himmel. Ein Tropfen hatte seine Stirn getroffen. Weitere regten sich da, dort und dort. Was sie antupften, ein Blatt, ein Halm, begann zu wippen. Der Wolf räusperte sich.
Er sagte: Ich habe eine Cousine. Sie lebt im Zoo.
Da könnten wir sie einmal besuchen, schlug die Frau vor.
Könnten wir schon.
Es wäre eine Abwechslung, sagte die Frau.
Das braucht die Cousine wohl nicht.
Aber wir.
Der Wolf fragte: Wozu? Abwechslungen sind fast immer unangenehm.

Das kleine Mädchen kam gelaufen. Es rief: Die Wolken wissen wieder nicht, was sie wollen. Regnen, nicht regnen, regnen. Weil die unentschlossen sind, machen sie eben beides.
Ein Regenschauer erzeugte in den Bäumen ein Geflüster.
Und war schon wieder vorbei.
Das Mädchen sagte: Ich denke an den Papagei. Woran denkst du, Wolf?

Ich denke nie an den Papagei.
Und du, Marie?
Das verrat ich dir nicht, antwortete lächelnd die Frau.
Oh!, machte das Mädchen überrascht.
Die Frau sagte noch: Was der Stier denkt, das kann ich dir sagen: Es ist Zeit, denkt er, für die letzte Geschichte.
Zeit!, brüllte der Stier aus der Schlucht herauf, zweimal, dreimal, viermal. Er schien das Echo zu genießen, das er weckte.

12

Das kleine Mädchen und die große Frau saßen unter einem Vogelbeerbaum. Sie redeten, was ihnen so in den Mund kam.
Der Vogelbeerbaum, sagte die Frau, heißt auch Eberesche.
Eber?
Ja.
Die Frau kannte alle Namen. Eberesche, sagte das Mädchen mehrmals. Es war, als würde der Baum dem Namen immer ähnlicher werden.
Der starke Stier rieb seine Flanke am Stamm. Oben auf einem Felsen stand der wilde Wolf im Abendlicht. Er sah prächtig aus. Wie im Film.

Wenn man jemanden gut kennt und gern mag, sagte das Mädchen, dann möchte man wohl, dass er dableibt, oder nicht?
Geht denn jemand?, fragte die Frau.
Das Mädchen schüttelte den Kopf, dass die Haare aufflogen.

Die Frau sang halb für sich, halb für das Mädchen:

Geht denn jemand?
Und wohin?
Kommt denn jemand?
Und woher?
Bleibt denn jemand?
Und wie lang?

Der Wolf fing an zu heulen.
Warum heulst du, Wolf?, rief das Mädchen, als er verschnaufte.
Weil der Himmel so rot ist, antwortete der Wolf.
Das Mädchen, der Stier und die Frau verstummten. Das Lied des Wolfes, das viele Strophen hatte, gefiel ihnen sehr. Irgendwann war es dann doch zu Ende. Die Stille hinterher klang so, als gehörte sie noch zum Lied.
Danke für das Geheul, wilder Wolf, rief der Stier, es war wunderbar.
Ganz wild, unterstützte ihn das Mädchen.
Der Wolf wurde rot bis über die Ohren. Verlegen steckte er seine Nase in ein Mauseloch und schnupperte.

Das Mädchen fragte: Stirbst du noch lange nicht, Wolf?
Der Wolf hob seine Schnauze: Wieso ausgerechnet ich?
Weil es sehr traurig klingt, was du heulst.
Ich bin nicht traurig, sagte der Wolf, der starke Stier sieht mir eher so aus wie einer, der traurig ist.
Das hörte der Stier nicht gern. Um zu beweisen, dass er im Gegenteil sehr fröhlich war, stampfte er mit gesenkten Hörnern davon. Die Erdklumpen flogen. Er galoppierte ge-

waltig, und er wäre noch lange gewaltig so weiter galoppiert, wenn ihm nicht ein Schlehdornstrauch im Weg gestanden hätte. Zerkratzt und zerschunden kam er zurück. Ein trauriger Anblick.
Für deine Kratzer, starker Stier, gibt es viele Kräuter, sagte die große Frau. Nur gegen den Tod ist kein Kraut gewachsen.

Der Himmel war inzwischen violett geworden.
Wie wird das dann sein, wenn du stirbst, starker Stier?, fragte das Mädchen.
Ach, schnaufte der Stier.
Dann hast du Fliegen um die offenen Augen und blinzelst nicht mehr, sagte die Frau zum Stier. Das Gras bleibt da, wenn du gehst, der Sauerampfer, der Schlehdornstrauch, auch die Kühe, der Mäusebussard. Doch sie sehen dich nicht mehr. Sie schauen dahin, wo du soeben noch gewesen bist, sie schauen für eine Weile ins Leere.
Der Stier stellte sich ein Loch vor, weiß in der grünen Wiese, das die Form eines Stieres hatte. Ihm schwindelte.
Und wenn du stirbst, Marie?, fragte das Mädchen weiter.
Die Frau brauchte nicht zu überlegen. Dann atme ich lange aus und halte mich still, bis die Seele weg ist.
Weiter nichts?
Nein. Später fange ich an übel zu riechen.
Aber deine Seele riecht gut, sie riecht nach Salbei, behauptete das Mädchen. Und leiser fügte es hinzu: Puppen sterben nie. Sie werden nur älter, sie werden steinalt.
Kann ich euch helfen? Die Stimme, die so fragte, kam von oben, aus dem Baum.
Was suchst du hier?, fragte der Wolf, ohne aufzuschauen.
Dies und das, sagte die Stimme.

Der Wolf hörte, dass es der Rabe vom Maskenball war, das verzauberte Kaninchen. Auch das Mädchen, der Stier und die Frau erkannten ihn wieder.
Ich weiß ein Kräutlein gegen den Tod, sagte der Rabe, indem er sich auf dem Kopf des Mädchens niederließ.
Quatsch!, knarrte der Wolf.
Der Rabe verdrehte den Kopf. Tatsächlich, so heißt es. Weißt du aber auch, wo es wächst?
Nirgendwo.
Richtig, bestätigte der Rabe. Doch wo ist Nirgendwo?
Der Wolf wusste keine rechte Antwort. Nirgendwo – da kommt keiner hin. Nirgendwo riecht nach nichts.
Das Mädchen, der Stier und die Frau schauten nachdenklich drein.
Etwas ist faul an deiner Geschichte, sagte der Wolf.

Die Frau wollte wissen: Muss man dann immer leben, wenn man einmal von dem Kräutlein gegessen hat?
Immer, war die Antwort.
Immer, wiederholte der Stier, immer Gras fressen, immer wiederkäuen ...
Der Wolf ergänzte: Und die Zähne fallen einem aus. Man weiß nicht mehr, wie man beißen soll. Und man braucht gar nicht erst zu rauchen, man hustet von allein.
Immer lernt man sich kennen, sagte die Frau, und immer verliert man sich aus den Augen, man streitet sich, versöhnt sich, immerfort, immerfort.
Der Rabe nickte ernst: Immerfort.
Nur verweilen, nicht verwehen. Das Mädchen lachte. Mit dem Kräutlein Quatsch aus Nirgendwo hätte ich euch nie getroffen, wilder Wolf, starker Stier und große Frau. Ich

hätte keine Hilfe gebraucht und hätte keine gefunden.
Es hob den Vogel von seinem Kopf, setzte ihn neben sich auf eine Mauerkante und sagte streng: Mein Kopf ist kein Rabennest.

Da fing der Rabe plötzlich an zu weinen. Ich habe euch lange gesucht, und jetzt will ich auch bei euch bleiben. Ich bin nämlich allein. Aus seinen Augen tropften Tränen.
Der Wolf hustete. Gut, schwarzer Rabe. Dann lass uns aber mit deinem Quatsch in Ruh.

Das war's also, sagte der wilde Wolf. Er streckte die Vorderläufe und reckte den Hintern in die Luft. So sah er nicht gerade wild, sondern eher etwas missraten aus.
Der kleine Mädchen verkündete: Morgen beginnen wir von vorn.
Etwas Neues wäre mir lieber, sagte die große Frau.
Mir auch, sagte der schwarze Rabe.
Mir nicht, sagte der Wolf.

Der Stier rülpste. Sein Blick verweilte überall da, wo es nichts Rechtes zu sehen gab, beim Schatten eines Strommastes, bei einigen Steinen auf dem steinigen Weg, bei ein paar Gräsern auf einem Grasfleck.

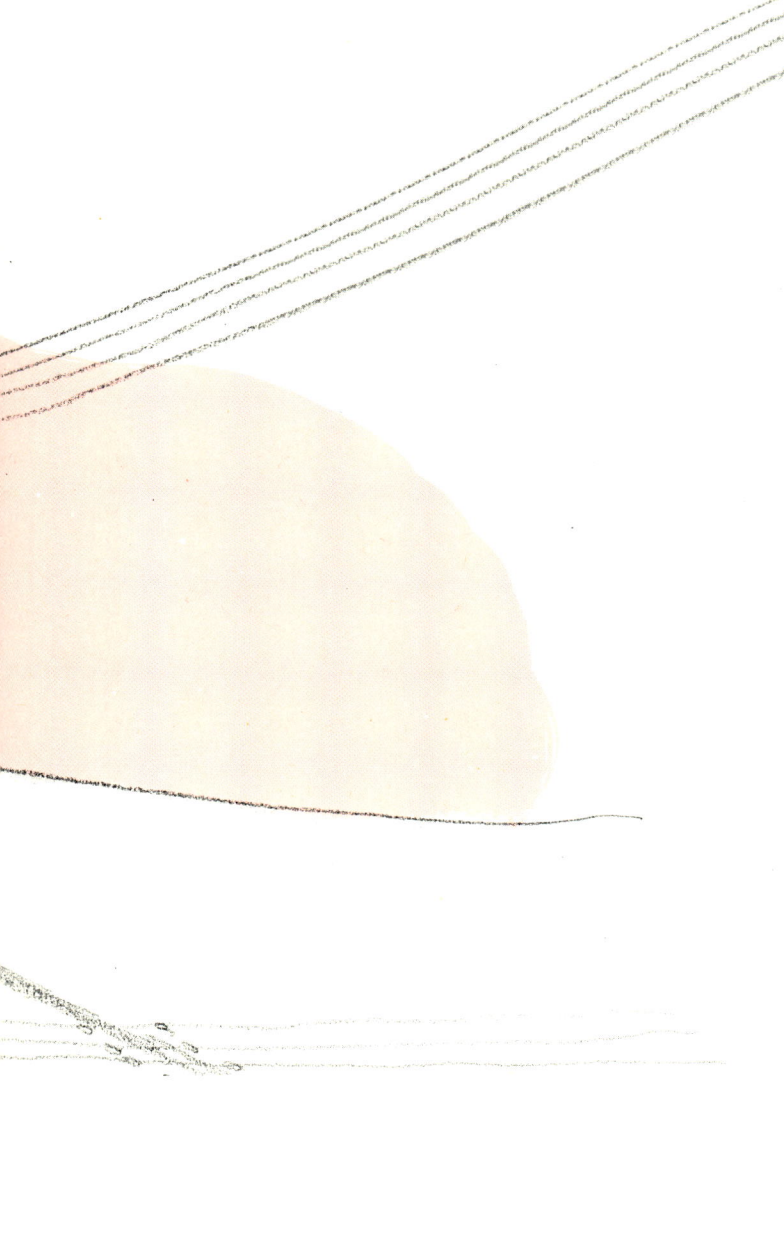

Der Text auf den Seiten 13–16 erschien auch in dem Sammelband
Als die Welt noch jung war und die anderen Geschichten
© 2011 Beltz & Gelberg in der Verlagsgruppe Beltz, Weinheim/Basel
© 1995 *Als die Welt noch jung war*

© 2012 Verlagshaus Jacoby & Stuart, Berlin
Alle Rechte vorbehalten
Druck und Bindung: Just Colour Graphic
Printed in Spain
ISBN 978-3-941787-65-0
www.jacobystuart.de